Brady Brad[
La nouvelle équipe

Mary Shaw
Illustrations de Chuck Temple

Texte français de Louise Binette

Catalogage avant publication de Bibliothèque et Archives Canada

Titre: La nouvelle équipe / Mary Shaw ; illustrations de Chuck Temple ; texte français de Louise Binette.
Autres titres: Teammate turnaround. Français
Noms: Shaw, Mary, 1965- auteur. | Temple, Chuck, 1962- illustrateur. | Binette, Louise, traducteur.
Description: Mention de collection: Brady Brady | Traduction de: Teammate turnaround.
Identifiants: Canadiana 20190063750 | ISBN 9781443163743 (couverture souple)
Classification: LCC PS8587.H3473 T4414 2019 | CDD jC813/.6—dc23

Édition publiée par les Éditions Scholastic, 604, rue King Ouest, Toronto (Ontario) M5V 1E1 CANADA.

5 4 3 2 1   Imprimé en Malaisie 108   19 20 21 22 23

À mes nièces préférées, Owyn et Ellie, mes beautés du Yukon.
— Mary Shaw

À la meilleure coéquipière de toute ma vie… ma femme, Laura.
— Chuck Temple

Brady adore le hockey. Il ne pense à rien d'autre qu'au hockey. Il y pense tellement qu'il faut l'appeler deux fois pour attirer son attention.

Sa famille trouvait ça TRÈS agaçant!

« Brady, Brady! Va promener Champion. »

« Brady, Brady! Aère ton sac de hockey. »

« Brady, Brady! Il est l'heure de te coucher. »

À la longue, sa famille a fini par l'appeler
Brady Brady. C'est plus facile de cette façon.

Ce jour-là, Charlie rejoint son ami Brady chez lui. Tous deux s'entraînent depuis des semaines en vue du camp de sélection de la ligue de hockey locale.

— J'ai tellement hâte que toute l'équipe soit de nouveau réunie, s'écrie Brady en décochant un tir. Les Ricochons connaîtront la meilleure saison de leur histoire!

— Je l'espère aussi, approuve Charlie. Je suis toujours
nerveux avant le camp de sélection. Et avant les matchs.
Et parfois même avant les séances d'entraînement.
Les garçons jouent ensemble jusqu'à l'heure du souper.
— On se revoit tôt demain matin à l'aréna, dit Brady en
tapant dans la main de Charlie.

Cette nuit-là, Brady
est tellement excité
qu'il dort vêtu de son
équipement.

Le lendemain matin, il est le premier arrivé à l'aréna et accueille ses amis en leur tapant dans la main.

— Les Ricochons sont de nouveau réunis! dit Brady avec enthousiasme.

— Est-ce qu'on peut lancer un cri de ralliement pour nous porter chance? demande Charlie en se tordant les mains de nervosité.

On est les plus forts!
On est des champions!
On a hâte que finisse…

le camp de sélection!

Une fois sur la glace, tous les joueurs patinent aussi vite qu'ils le peuvent. Brady parvient à décocher quelques tirs sur Charlie. Il lui donne un petit coup de bâton sur les jambières chaque fois qu'il passe près de lui, question d'avoir un peu de chance.

Charlie effectue des arrêts impressionnants.

Après la séance d'entraînement, les enfants sont nerveux.
Ils attendent de rencontrer à tour de rôle les entraîneurs
afin de découvrir pour quelle équipe ils joueront.

Brady apprend une bonne nouvelle : il sera encore un Ricochon! Il attend Charlie à l'extérieur du vestiaire. Il est si heureux à l'idée de jouer avec son ami.

Lorsque Charlie sort enfin, il abaisse sa casquette sur ses yeux et passe devant Brady sans dire un mot. Brady regarde Charlie. Celui-ci dépose

son équipement de gardien devant l'aréna
et y fixe une note sur laquelle on peut lire :

Équipement à donner. Devenu inutile.

Charlie monte dans la voiture de son père. Brady ne l'a jamais vu aussi triste.

— Qu'est-ce qui se passe? Pourquoi veux-tu donner ton équipement? demande Brady.

— J'abandonne le hockey! fulmine Charlie. On ne m'a pas sélectionné pour jouer avec les Ricochons. Si je ne peux pas être avec mes amis, je préfère ne plus jouer du tout.

Le cœur de Brady se serre. Il trouve bien dommage que Charlie ne soit plus dans la même équipe, mais il sait qu'il doit encourager son ami.

Brady s'assoit dans la voiture à côté de Charlie.

— Tu resteras quand même mon meilleur ami pour la vie. Un jour, on va gagner la Coupe Stanley ensemble, n'oublie pas!

À ces mots, Charlie devient songeur.

Brady poursuit :

— Ce n'est pas grave qu'on ne soit pas dans la même équipe. On peut quand même jouer au hockey ensemble. Sur la patinoire dans ma cour, dans mon sous-sol ou dans l'allée devant chez moi. Et d'ailleurs, tu ne peux pas abandonner. Tu adores jouer au hockey!

— **Eh bien...** c'est vrai que j'aime faire des arrêts, reconnaît Charlie.

Il descend rapidement de la voiture et court jusqu'à l'entrée de l'aréna.

Il s'immobilise au bas des marches de l'escalier.

Il reste bouche bée.

Son équipement **a disparu!**

Charlie est bouleversé.
— On dirait vraiment que je ne jouerai plus
au hockey, en fin de compte.

C'est alors que Brady aperçoit un groupe d'enfants
dans le hall de l'aréna.
— Ils ont peut-être vu quelque chose, s'exclame-t-il.
Allons leur demander.

— Salut, les gars. Je m'appelle Brady, et voici mon ami Charlie. Il est gardien de but. Nous cherchons son équipement.

— Je… euh… l'ai laissé devant les portes et il a disparu! explique Charlie. Il faut absolument que je le récupère!

— Désolé, je n'ai rien vu, dit le plus grand d'entre eux.

— Mais nous pouvons t'aider à le retrouver, dit le plus petit.

Ils cherchent dans tous les vestiaires. Rien.
Ils cherchent dans les toilettes. Rien.
Ils cherchent au casse-croûte. Rien.

— On a cherché partout, gémit Charlie. Je ne retrouverai jamais mon équipement!

— On ne peut pas abandonner, dit Brady. Tu dois jouer au hockey.

— Et si on allait voir aux objets trouvés? propose l'un des enfants.

— Ma mère dit que c'est toujours le dernier endroit où les gens cherchent, ajoute un autre.

Le local des objets trouvés est un débarras sombre. Brady n'a jamais vu autant de choses entassées au même endroit.

Les enfants fouillent le local obscur des yeux. Là, en haut d'une étagère, se trouve l'équipement de gardien de Charlie. ***Tout en haut*** de l'étagère! Charlie grimpe sur l'une des tablettes, mais il dégringole dans un tas de vêtements.

Brady monte sur un sac de hockey, mais il n'est pas assez grand.

Charlie se hisse sur les épaules de Brady, mais il n'arrive toujours pas à atteindre son équipement.

— Pas question d'abandonner, s'écrie Brady. J'ai une idée!

Tous les enfants se rassemblent pour écouter Brady.

Les voilà maintenant qui forment une pyramide humaine. Charlie grimpe au sommet.

Il tend le bras autant que possible et agrippe de justesse les courroies de ses jambières de gardien de but. Il tire d'un coup sec, et les jambières tombent par terre avec un bruit sourd.

Tout le monde pousse des cris de joie. Rayonnant de bonheur, Charlie serre ses jambières contre lui. Puis il remarque les chandails des enfants.

— Hé! lance Charlie d'un ton enjoué. C'est ma nouvelle équipe!

— Super! dit le plus petit des joueurs.

— Bienvenue chez les Serpents, ajoute le plus grand. Nous avons besoin d'un bon gardien!

La nouvelle équipe de Charlie pousse son cri
de ralliement :
Nous les Serpents, on a du mordant!
On travaille en équipe, et on est
sympathiques!
Charlie tape dans la main
de ses nouveaux amis.

Le premier match de la saison oppose les Ricochons aux Serpents.
Vêtu de son nouveau chandail violet, Charlie se dirige vers son but. Il
salue de la main ses anciens coéquipiers sur le banc des Ricochons et
ses nouveaux camarades sur le banc des Serpents. Il se sent tellement
bien sur la glace. Charlie réalise à ce moment-là que son uniforme
importe peu, pourvu qu'il pratique son sport préféré.